创作说

作者访谈别册

CHUANG ZUO SHUO

【非卖品】

温馨提示：
建议阅读完正文后阅读本册。

PART ONE
你问我答

QUESTION 1

Q：是怎么想到写这样一个故事的？怎么会想到要塑造周小山这样一个人物？读完之后比较惆怅，不是所有女孩子都能有机会遇到周小山的，感觉大多人最后还是会像大结局那里描写的那个女路人一样最终选择平淡的人度过一生，不知道大大对这个问题怎么看？

A：上个星期我做了一个梦，栎树开了花，女孩在树下收到一个包裹，她觉得里面可能有炸弹，打开看，是有人给她买的药，谁呢？一个喜欢她，但是对她而言全然陌生的人。我想我可能会在今年冬天把它写成一个小说。

很多书友问过我类似的问题，怎么会写出《翻译官》，为什么要塑造周小山这样一个人物，《最后的王公》是怎么构思出来的。

我很难给出一个特别明确的回答。写了这么多年故事，现在的我越来越觉得故事和人物都是独立于我而存在的，它们有时候浮在空气里，有时候躲在图书馆的很多书后面，有时候在朋友们的口中。故事和人物并非是我创造的，它们很多时候通过倾听、冥想、梦境，有时候在散步的时候就这样附着在了幸运者的身上。这个幸运者是画家，那么故事就成了一幅画；幸运者是音乐家，那故事就成了一首歌。我是个会写点东西的人，有幸被浮荡在空气中的故事和人物选中，把它们写了出来。每一个故事似乎都是如此。

周小山也是来自于多年前的一个梦境。我把他写了出来。

不是每个女人都能遇见周小山的。

大多数人都会平淡一生。

每个人心中的向往和念想在你的眼神、你说的话、你写出来的只言片语中浮现、凝聚，这是故事的来源。

QUESTION 2

Q：缪娟姐姐，您从前说过，最初的设定里周小山不是这样的，您为什么没有沿用当时的想法，最后却以热带风情的Y国作为故事的发生地？

A：他原来有另外一个名字，叫作赵军城，更硬朗、更粗悍的形象。他奉命在火车上追捕女孩，发现了她却放过了她。她在脱险之后故地重游，看见他的头挂在城楼上。

这是当时的梦境。

后来写故事之前我去东南亚旅游，去了好几次，觉得那种潮湿鲜艳的环境更适合这个关于欲望和选择的故事，就动笔写了大家看到的《掮客》。

Q:想知道设定故事的最初,是因为人的向往性吗?所以周小山被佳宁吸引,然后从暗处到了明亮的地方。是设定的男主人公、女主人公性格所致,水到渠成,还是因为设定只能这样发展?

A:几年前我接受过一个采访,记者问了类似的问题,人物的走向是怎样被设定的?

也不仅仅是我,很多写作者都被提过类似的问题。

其实写故事的时候,在最初的几章,你的主人公一旦被描绘出来了,那么他之后在每次遭遇中所做的选择其实不是写作者特意设计的了,而是他自然而然的行为。一个人会去做什么事,会遇到什么人,都是由他的性格来决定的,小说里的人物其实也是这样。

QUESTION 3

Q：周小山为什么会爱上佳宁？是什么时候爱上的？想听娟姐分享小山对佳宁的感情进阶变化，最初他喜欢佳宁的心理活动。

A：我觉得是天雷勾动地火，一见钟情的。

佳宁这个人美丽、聪明、热情，有出众的魅力，是说一个人哪怕在短短的接触中也能让人看到不同的侧面。这不是她故意地、刻意地去展现自己，而是她对别人的关心和关注也不仅仅在一个层面上。

她不是一个只讲课做实验的科学家，她去关心一个陌生同学的生活疾苦，这样的人就是一个立体的、有温度的人，那么别人看她就也不是片面的。

小山喜欢她首先当然是觉得她好看，然后觉得她是个好女人。

他是个猎客，喜欢什么都得到手，这是动机。

QUESTION 4

Q： 裘佳宁什么时候爱上周小山的？是第一次上课的时候，看到日光洒在他身上的时候吗？裘佳宁对周小山的爱到底是怎样的？

A： 我觉得人对人的欲望都是始于皮囊。小山是很醒目的美男子，佳宁在第一眼就看明白了。但是有了欲望不一定就要做什么，佳宁对小山是不知情的、抗拒的，但是她中了圈套。后来事情的真相浮现，佳宁去Y国有着明确的目的，就是要救回秦斌，并且亲自与小山对质。

作为一个聪明的女科学家被愚弄了，她会产生强烈的仇恨，还有与生俱来的好胜心，在这些作用下，佳宁深入丛林。

QUESTION 5

Q：一直想问……如果周小山不是掮客，作为老师的裘佳宁是会选择记者秦斌还是学生周小山？爱与欲对裘佳宁来说是婚姻的调剂品还是必需品？

A：如果小山不是掮客，那整个故事都不存在。

大学里不让师生恋。

但佳宁没有遇到掮客周小山，她跟秦斌也过不长。

只不过每个人发现自己认识自己都需要一个过程、一段时间、一个事件。

一辈子遭遇不上也就平淡过去了。

QUESTION 6

Q：周小山最后被炸成烟花了吗？他还活着吗？

A：这个问题我答过。
我说过，我是亲妈。

QUESTION 7

Q：周小山死里逃生后回到佳宁和女儿身边了吗？周小山和裘佳宁最后有没有在一起？

A：我不知道。

我不知道自己还有没有缘分再去写小山和佳宁接下来的故事。

QUESTION 8

Q：周小山最后去做什么了，继续当掮客吗？

A：应该是。

QUESTION 9

Q: 佳宁来到Y国之后，小山多次给她准备的服饰都是"奥黛"，小山为什么那么执着于让佳宁穿上"奥黛"？

A: 书里有类似问题的答案。我在你那里当你的学生，过你的日子，那你也应该来到我这里，扮演一下我熟悉的女孩，过一过我的日子。

QUESTION 10

Q:可以透露一点周小山父亲线的信息吗?周小山皮肤白皙且不易被晒黑,身材高挑不像骨骼娇小的母亲,想知道他爸爸是怎样的人,或者周小山是在怎样的环境下诞生的?好想知道他父母辈的故事。

A:我在东南亚旅行的时候,看见过这样的男孩,很奇怪的美貌,不知道爸爸是谁,说不清血统来自哪里。小山爸爸的故事,大家可以自己脑补一下。

QUESTION 11

Q：香兰是怎么知道一切都是她父亲策划的，是因为这个她才自杀的吗？

A：查才将军做了很多坏事，女儿羞愧委屈而死。

QUESTION 12

Q：周小山冷漠锋利却又单纯善良，裘佳宁美貌智慧但也拥有欲望，秦斌敏锐却也大度，对于作为作者的您来说，他们分别是怎样的人？《掮客》里出现的所有人物，您个人有没有特别偏爱的？

A：这个故事里的人物我都非常喜欢，很难说特别偏爱谁，每一个主角都是我精心刻画的，我也很喜欢香兰，香兰对小山的爱情也是单纯无瑕不计代价的。

QUESTION 13

Q：当初写作《掮客》这个故事的过程中，有什么印象深刻的事情或者细节吗？写作的难点在于什么？

A：故事有一天附着在我身上了，我觉得自己会把它写出来。

但是开稿有点难。

忽然有一天，阴天下雨，我在家里写出来第一句——她翻个身就后悔了——我知道这个故事我可以写下去了。

然后有一天，我想到了那个结尾——"爸爸"——我在一个百货公司的扶梯下面热泪盈眶，我觉得这个故事能成。

Q：多年后您自己回顾这个故事，有没有什么想法是发生了改变的？故事还会按照原来这样发展吗？

A：没有。写网文出身，写一章马上更给书友们看，从不改动。别说发展走向了，我的小说网络版到纸书版都基本不改。

Q：《掮客》这部小说，想表达什么主题和爱情观？

A：就是那句话，谁的心里都想要狂野的爱情，只是有人跟现实妥协，有人不肯而已。

QUESTION 16

Q：《掮客》这部作品，对您有没有特别的意义？或者有没有什么区别于其他作品的特殊之处？

A：我写的每个作品都关于爱情和欲望，这一篇最为直接。

Q：请问您的小说改编为电视剧，对演员的选择和角色定位有什么考虑吗？为什么会选择这几位演员？您对电视剧和实体书有什么期待吗？期待您的回答。喜欢《掮客》，预祝大卖！

A：小说是我一个人的故事，电视剧是很多人的作品，与哪位演员合作更是福到缘至的结果。

我觉得两位演员宋茜和罗云熙形象上都非常完美，气质贴合。我也很期待他们的表演。

QUESTION 18

Q：《掮客》在电视剧拍摄的过程中，您去探过班吗？有什么感受或者趣事可以分享吗？

A：开机仪式的时候我去了。在苏州，初冬的早上，天气特别好。

那是我第一次见到宋茜和云熙，两个人都是非常非常好看，比我在网络上找到的图片好看。两个演员的粉丝那天去了很多，年轻的朋友们阵仗很大、很可爱，让我想起自己小时候追星的一些经历。

QUESTION 19

Q：《掮客》自首版至今已经十三年了，对于十三年来一直支持《掮客》的读者们，有什么想说的吗？

A：还是没想到时间过得这么快。

很多当时就在网站上跟我互动的读者至今还在关注我的每一部作品，非常感谢我们之间的缘分。也对刚刚翻开我的书，刚刚知道我名字的新朋友表示欢迎。

终于，《掮客》的故事快要以影视化的方式跟大家见面了，希望我的写作生涯一直都有书友们的陪伴。

QUESTION 20

PART TWO
快问快答

Q：周小山对佳宁是一见钟情吗?

A：是。

Q：周小山给佳宁做过饭吗?

A：他有美貌就够了。

Q：北华大学的世界排名?

A：国内第一。

Q：小山属猪,佳宁属什么?

A：佳宁比他大四岁,可以数的呀。

Q：周小山精通几国语言?

A：看需要。

Q：如果有一个掮客排行榜，周小山排多少名？

A：目前来看，流量肯定第一。

Q：卉是喜欢爸爸多点还是佳宁多点？

A：小山见到卉基本就不会说话了，哄小孩还得靠佳宁。

Q：如果满分是100分，给周小山做的米粉打多少分？

A：满分加小费。

Q：如果周小山是普通学生还逃课，佳宁会让他挂科吗？

A：小山要是继续逃课，佳宁也会给他挂科，校规跟长相没关系。

Q：小山会和佳宁吵架吗？

A：他俩为了在一起差点没死了，还吵架？

Q：什么情况下，佳宁会吃醋？

A：吃醋是要么不自信，要么对对方缺乏信任，看佳宁像哪个？

Q：寡言的周小山在什么情况下会变得话多？

A：他什么时候都觉得动手会更高效一些。

Q：卉口袋里的茶是周小山亲自给的吗？

A：像是。

Q：想问问秦斌最后和谁在一起了，还是一直单身？

A：大家可以想想。

Q：怎么解读小山和香兰的感情？

A：是惯性的服从和保护，不是爱情。

Q：莫莉对于小山来说是一个什么样的存在？

A：妹妹，徒弟，同类，影子。

Q：《掮客》会有第二部吗？

A：十三年了，大家还问我这个……

特别鸣谢读者名单(不完全收录):

九十八啊、丰小律、斯霏德尔、我家的喵儿已变成大肥猫、陆雅星不在、兜兜那个宝、萋萋南陌、独自北漂的一条狗、白眼多、于尚岚、圆小媛嘟嘟、荷塘小居士、夏以漓、爱笑的豆小逗、熙熙的耳机、天兵神、山有鹿、莫得感情的散客、千羽铭歌、东陵玉、柳冠军、童涵涵、多罗西西西、吃瓜子壳吐瓜子仁、来来向前行、名字正在输入、蕊珠闲、无敌的旖旎、高考在线有事勿扰、有翅膀的独角兽、白眼多、荷塘小居士、童话的叶子、月落乌啼站缁云、小帆妮子、一梦玲珑醉熙月、优优星空、扎扎木的深海狮、五月的晴天闪电、六月花雪……

感谢所有读者对《捎客》的喜爱与支持!